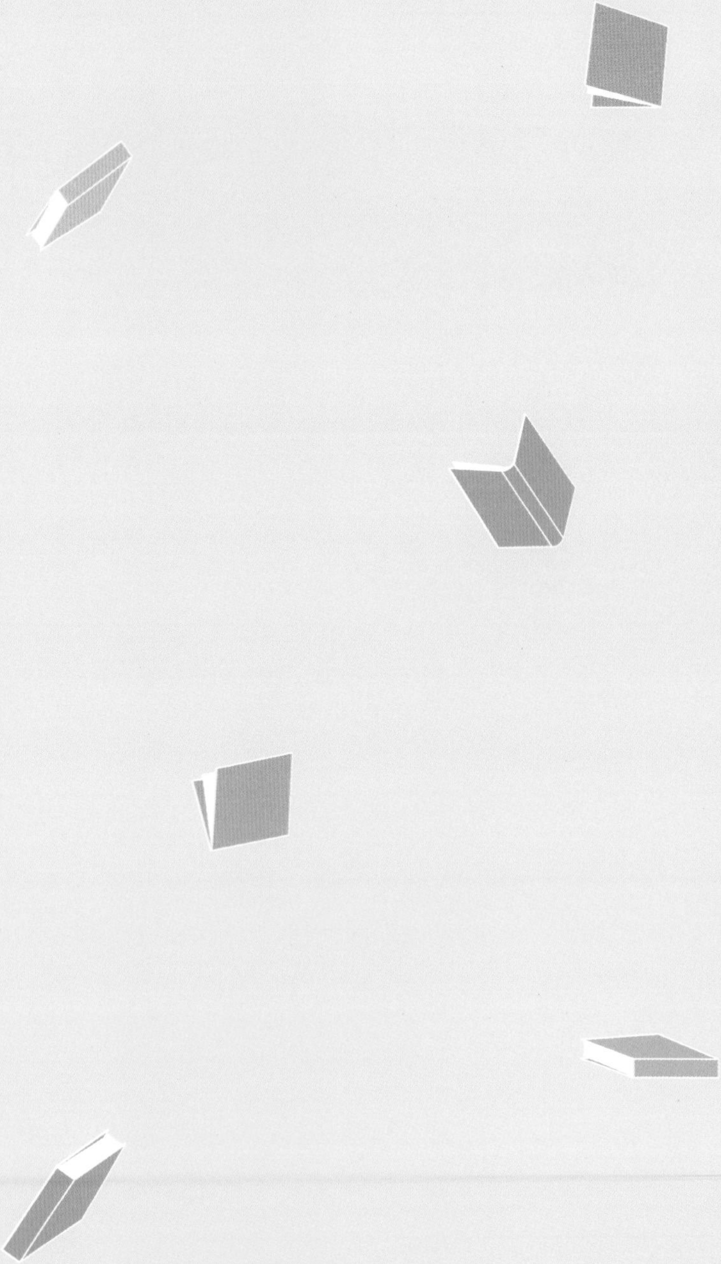

閱讀123

國家圖書館出版品預行編目資料

小熊兄妹的點子屋 3：超愛睏魔咒大作戰/
哲也 文；水腦 圖. -- 第一版. -- 臺北市：
親子天下股份有限公司, 2021.12　130面;
14.8×21公分. --（閱讀123系列）注音版
ISBN 978-626-305-119-5（平裝）
863.596　110018812

小熊兄妹的點子屋 3

超愛睏魔咒大作戰

作者｜哲也
繪者｜水腦

責任編輯｜謝宗穎
特約編輯｜游嘉惠
美術設計｜林家蓁
行銷企劃｜林思妤

天下雜誌群創辦人｜殷允芃
董事長兼執行長｜何琦瑜
媒體暨產品事業群
總經理｜游玉雪
副總經理｜林彥傑
總編輯｜林欣靜
行銷總監｜林育菁
副總監｜蔡忠琦
版權主任｜何晨瑋、黃微真

出版者｜親子天下股份有限公司
地址｜台北市 104 建國北路一段 96 號 4 樓
電話｜（02）2509-2800　傳真｜（02）2509-2462
網址｜ www.parenting.com.tw
讀者服務專線｜（02）2662-0332　週一～週五：09:00~17:30
讀者服務傳真｜（02）2662-6048　客服信箱｜ parenting@cw.com.tw
法律顧問｜台英國際商務法律事務所 · 羅明通律師
製版印刷｜中原造像股份有限公司
總經銷｜大和圖書有限公司　電話：（02）8990-2588

出版日期｜ 2021 年 12 月 第一版第一次印行
2024 年 7 月 第一版第十一次印行
定價｜ 280 元　書號｜ BKKCD151P
ISBN ｜ 978-626-305-119-5（平裝）

訂購服務
親子天下 Shopping ｜ shopping.parenting.com.tw
海外 · 大量訂購｜ parenting@cw.com.tw
書香花園｜台北市建國北路二段 6 巷 11 號　電話（02）2506-1635
劃撥帳號｜ 50331356 親子天下股份有限公司

小熊兄妹的點子屋3

超愛睏魔咒大作戰

文 哲也　圖 水腦

目次

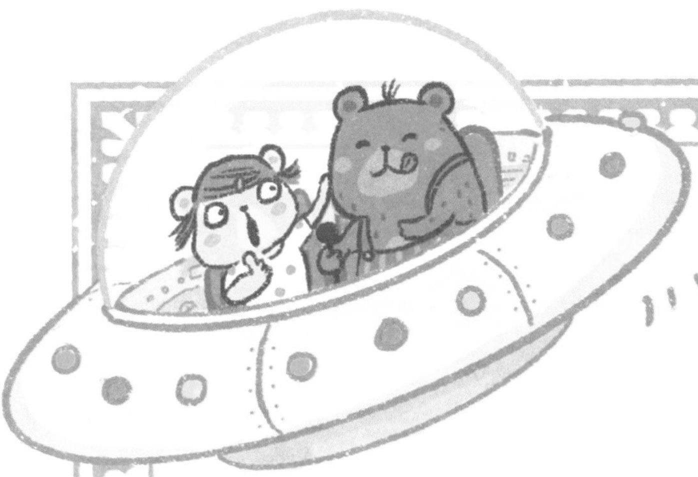

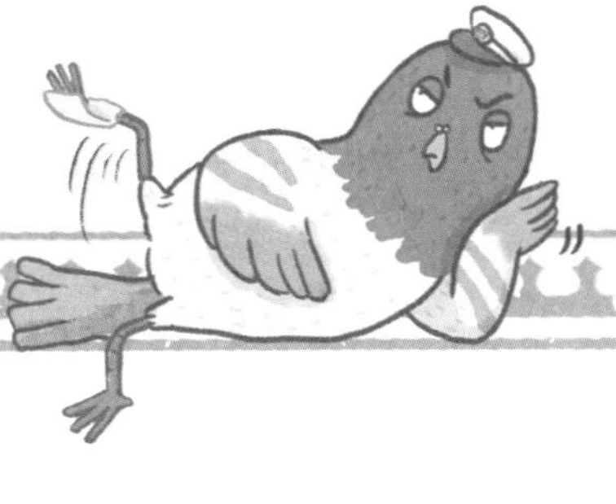

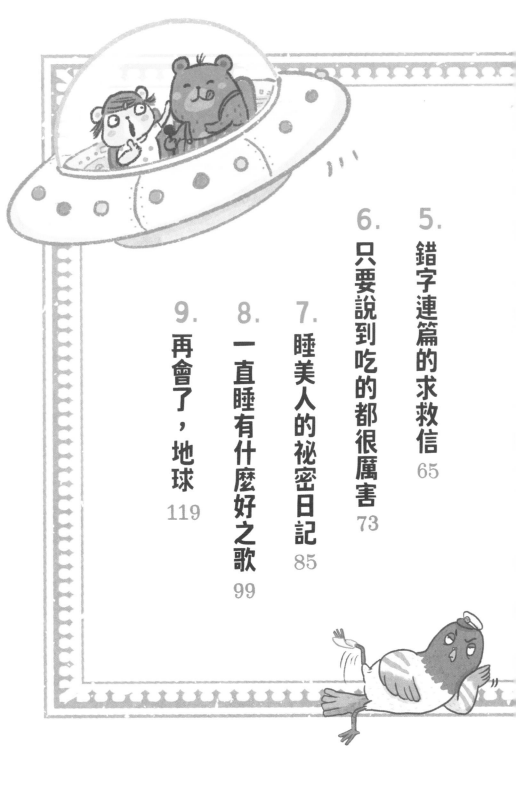

人物介紹遊戲盤

小熊兄妹
點子屋
點子屋
起點 START!
流浪狗咖哩
很想念主人，借住在點子屋等主人回來，已經等很久了。
小熊媽媽
很有胃口，一天可以吃五頓飯。
小熊妹妹
很會想點子，一天可以想十個點子。
前進三步
小熊爸爸
很有學問，一天可以讀五本書。
小熊哥哥
很會填肚子，一天可以吃十個包子。

王子
很會救公主，
一天可以救
十個公主。
前進四步
森林裡的魔女
火龍
很會吃王子，
一天可以吃
十個王子。
倒退五步
公主
很會睡。
退回原點
城堡
終點 Finish！

1. 超愛睏的睡美人

高高的城堡裡，有一個睡美人。

睡美人本來打算好好睡，沒想到才睡三年，王子就來救她了。

王子騎著白馬，揮著寶劍，砍斷荊棘，趕走火龍，千辛萬苦，終於衝進王宮中。

「公主！快醒醒！我來救你了！」

但是公主怎麼叫都叫不醒。

「公主！醒醒呀！」王子拉開窗簾，陽光灑了進來。

「啊！好刺眼！」

公主轉了個身，又睡了。

公主！快醒醒啊！
王子拿起吉他，唱起歌來。
啊！好刺耳！
公主把頭埋進棉被，又睡了。
公主！快醒醒啊！
王子拿出剛買的臭豆腐。
啊！好刺鼻！
公主把鼻子埋進枕頭，又睡了。

公主怎麼叫都叫不醒。

王子自言自語說：「難道，要我親一下，她才會醒嗎？」

公主聽了馬上跳下床，說：「不用了，我醒了。」

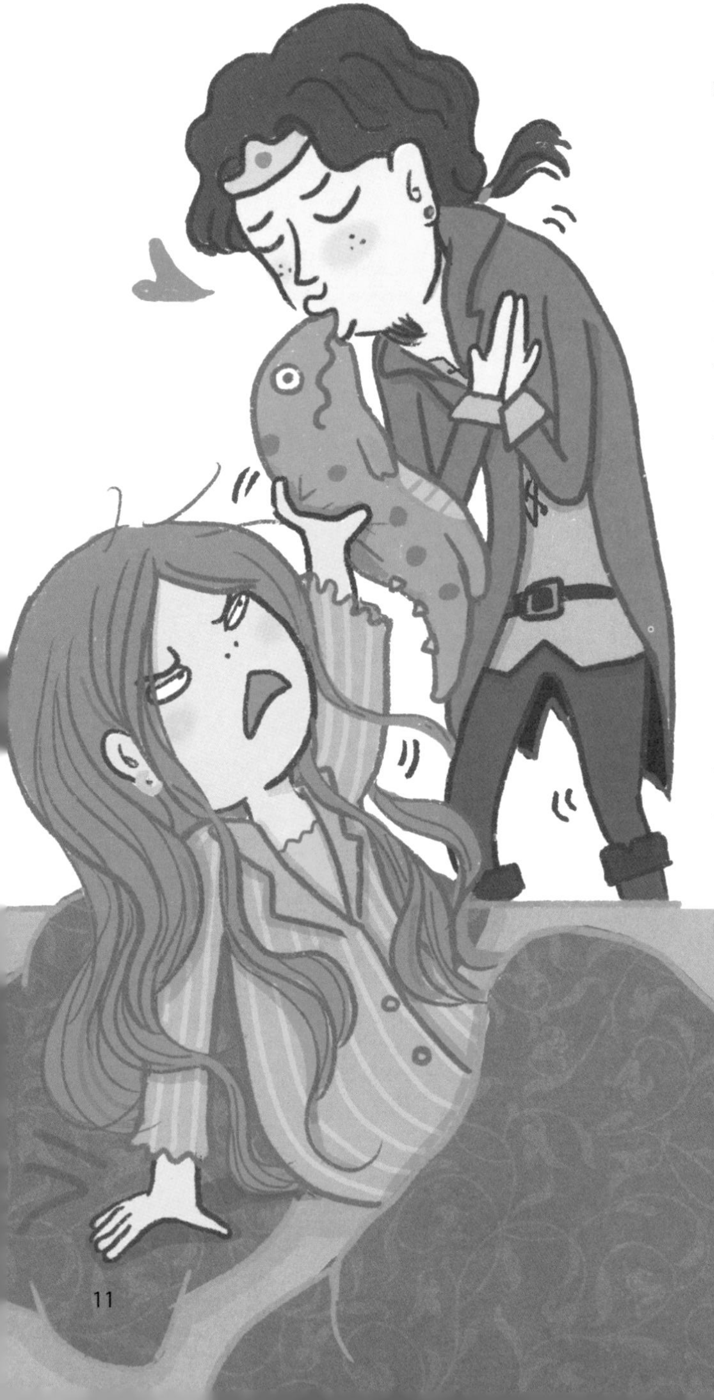

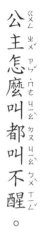

公主一醒，花開了，鳥叫了，整個皇宮裡的人都醒過來了。

國王摸著三年沒刮的長鬍子說：

「發生什麼事了？為什麼我睡了這麼久？」

皇后聞著三年沒洗的

長頭髮說：

「發生什麼事了？為什麼我頭這麼臭？」

「因為你們都睡了三年啊！」王子說：「這都是魔咒害的。」

王子就把睡美人被施了魔咒的事講給大家聽。

「你的意思是說，只要公主一睡著，整個皇宮的人都會跟著睡著嗎？」國王問。

「沒錯！幸好我出現了，不然你們都要睡一百年呢！」王子說。

「公主，快謝謝人家！」國王說。

「呼……呼……」公主回答。

國王把又倒回床上的公主拉起來。

「你已經睡了三年，不要再睡了！」

「可是我還是好愛睏啊。」

「去刷牙洗臉！」

公主抱著枕頭，往客廳沙發走。
你要去哪裡？浴室在這邊！
公主揉著眼睛，走進浴室。
不久，浴室又傳來「呼……呼……」的聲音。
公主坐在馬桶上，又睡著了。

因為魔咒的關係，公主一睡著，皇宮裡所有人都愛睏起來，包圍皇宮的荊棘又慢慢長了出來，火龍也慢慢走回來。

「這樣下去不行，快想個讓公主保持清醒的方法。」國王一邊打呵欠，一邊用牙籤撐開公主的眼皮。

「快想個點子！」

「啟稟大王，想不出來。」大臣一號說。

「啟稟大王，想點子不是我們的專長。」大臣二號說。

「對對對。」大臣三號說。

國王看著窗外，想不起當初怎麼會讓這三個傻傢伙進宮的。

「啟稟大王，」大臣一號又說：「找點子，就要去鄰國的小熊兄妹點子屋！」

「小熊妹妹什麼點子都有！」大臣二號說。

「對對對。」大臣三號說。

「那還等什麼！快！」國王說：

「快打電話！」

但是電話費三年沒繳，
電話早就不能打了。
您的電話帳單已累計36個月未繳……

「快！」國王說：「飛鴿傳書！」
但是鴿子睡了三年，
都老了。

「還是辛苦你一下吧。」國王把求救信綁在鴿子腳上。

老鴿子打著呵欠，拍著翅膀，朝小熊兄妹的點子屋飛去。

2.
點子屋營業中

飛呀飛、飛呀飛，老鴿子
停下來問問路。
請問小熊
兄妹的點子屋
怎麼走？

又飛呀飛、飛呀飛，再停下來
問問路。
請問附近有
什麼好吃的？

吃過公園裡的玉米，飛過長長的街道，老鴿子就看到「小熊兄妹點子屋」的招牌在陽光下閃閃發亮。

「歡迎光臨！」小熊妹妹今天還是很有朝氣，早上一打開店門，就先和小熊哥哥合唱了一首他們最近新編的店歌：

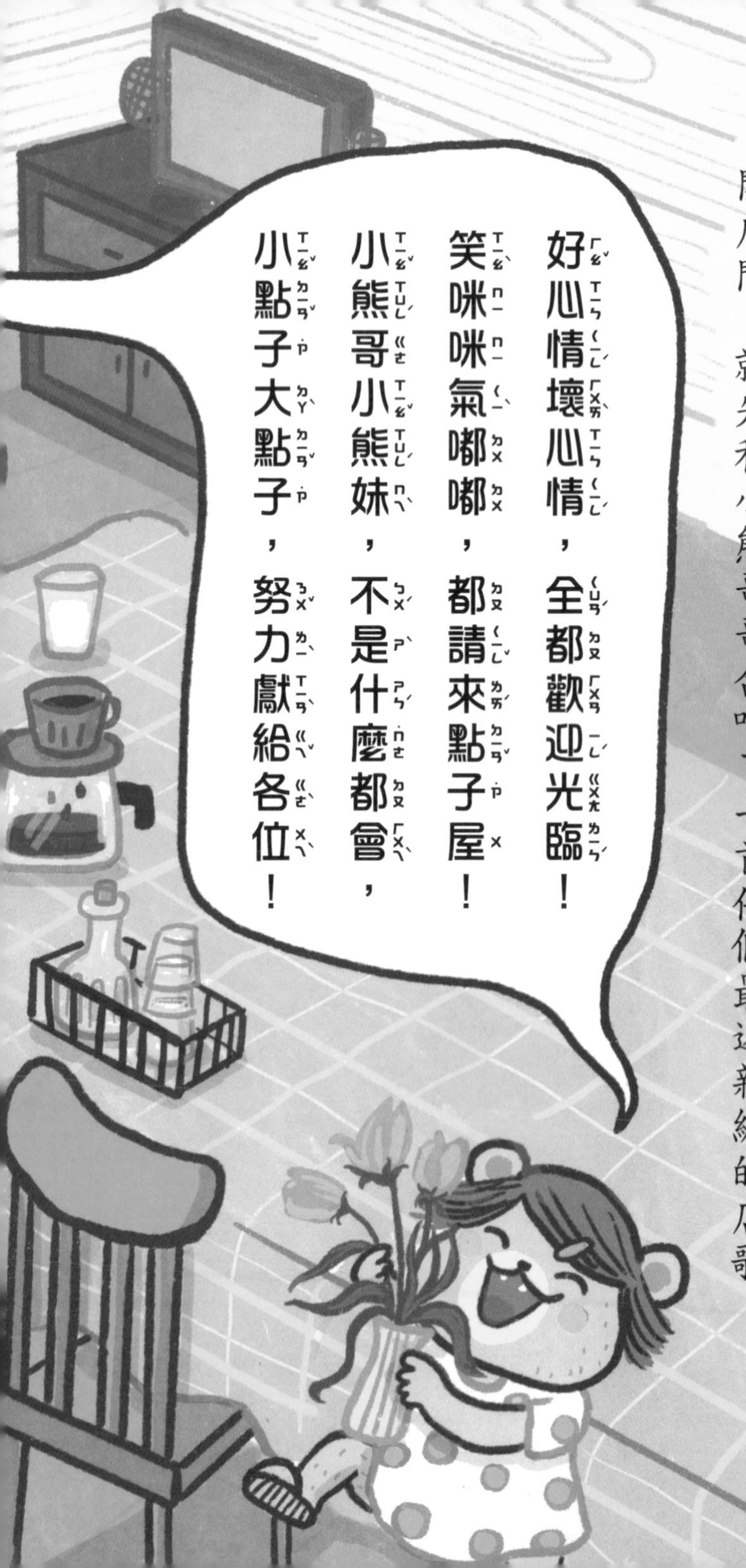
好心情壞心情，全都歡迎光臨！
笑咪咪氣嘟嘟，都請來點子屋！
小熊哥小熊妹，不是什麼都會，
小點子大點子，努力獻給各位！

唱完以後，鋪好桌巾，擺好花，煮好咖啡，燒好茶，就等客人來了。

今天來的客人都很奇怪。

第一個客人皮膚很黑，頭髮很長，身上圍了一塊獸皮。

「小熊妹妹你好。」

「泰山先生你好！」

「我最近不太好。」

「為什麼呢？」

「因為最近每次我喊喔咿喔咿喔，森林裡的動物們都不理我。」泰山低頭說。

「不理你？」小熊妹妹問：「意思是說，牠們不像以前那樣，聽到你的呼喚就全部都跑到你面前來嗎？」

「沒錯。」

「真奇怪。你喊一次給我聽聽看。」

店裡的小動物全部都跑來了。小兔子、小地鼠，店狗咖喱和小熊哥哥，全都跑到泰山面前坐好。窗外還飛來了一隻老鴿子。

「你的叫聲對動物還是很有吸引力嘛！」

「那為什麼森林裡的動物都不理我？」

「這個嘛……」小熊妹妹心想，這背後一定有原因，「以前你一呼喚，牠們就來了，然後呢？」

「然後我就會說：『沒事沒事，我只是試試看還靈不靈，你們回去吧！』」

「天哪！每次都這樣嗎？」

「有時候我會說：『既然你們來了，就幫我按摩一下吧，最近肩膀好痠。』」

「難怪沒有動物要理你！」小熊妹妹說：「你要真心對別人，別人才會真心對你啊。快回去向動物們道歉，說以後沒有緊急的事情不會隨便呼喚牠們，這樣你真正需要牠們的時候，牠們就會來了。」

泰山露出缺了一顆牙的傻笑說：「聽起來是個好點子。」

泰山留下一串香蕉，回森林去了。

但窗外的老鴿子還是不肯離開，一直敲著玻璃。

「快回去吧，森林之王已經離開囉。」小熊哥哥對牠擺擺手。

3. 真假豌豆公主

第二個客人是個黑眼圈的小女孩。

她一進來就說：「怎麼辦？怎麼辦？」

「什麼事怎麼辦？」

小熊妹妹問。

「我懷疑我是豌豆公主。」小女孩說。

在旁邊吃香蕉的小熊哥哥聽了，忍不住噗哧笑了出來。

「你看，每次我說出來，都會被嘲笑。」小女孩低下頭說：「沒有人相信我是豌豆公主，但我真的只要床上有豌豆就睡不好啊。」

「喔？」小熊妹妹托著下巴，歪著頭。

「我試過好幾次，只要把豌豆放到床墊下，就算鋪上好幾層墊子，我還是沒辦法睡。你看，因為失眠，我眼圈都黑了。所以我一定是傳說中的豌豆公主，可是要怎麼讓媽媽相信我是公主呢？」

「媽媽？」小熊妹妹心想，這背後一定有原因。「為什麼一定要她相信呢？」

「不然的話，她就會一直忙著照顧弟弟，根本不理我。」

I ♥ MOM
新生兒
奶粉
Baby
Baby

「我懂了。」小熊妹妹靈機一動，問她：

「你在床墊下放幾顆豌豆呢？」

「幾顆？我都放一整袋。」

小熊妹妹耐著性子解釋給她聽：「床墊下有一大袋豌豆的話，誰都會睡不好的。」

小女孩低下頭，沉默了。

「我知道你很想變成公主，」小熊妹妹握著小女孩的手，「但是你知道嗎？在媽媽心中，你早就是她的寶貝小公主了。」

過了一會兒，小女孩小聲告訴小熊妹妹，因為媽媽最近生了弟弟，所以她才想變成公主，讓媽媽重新像以前那樣愛她，而且只愛她一個。

「我懂我懂，」小熊妹妹說：「以前媽媽生我的時候，我哥哥也很緊張，哭了好幾天呢……」

小熊哥哥急忙摀住小熊妹妹的嘴。

小女孩露出含著眼淚的笑容，說：「有人了解我，我覺得好多了。」

小女孩拿出一枚銅板放在桌上，小熊妹妹又把銅板放回她手心。

「買豌豆也花了你不少零用錢吧？這你留著。」

小女孩開心的回家了。

窗外的老鴿子還是不肯離開，叩叩叩的敲著窗戶。

「那隻鴿子真奇怪。」小熊哥哥指著窗外說：「今天怪事可真多。」

「其實怪事背後都是有原因的喔，」小熊妹妹慢慢喝著牛奶說：「泰山的呼喚為什麼失靈，小女孩為什麼想變成豌豆公主，知道背後的原因就不奇怪了。」

「妹，你不要講那麼難懂的話嘛。」

「你不是常常要我教你想點子嗎，要想出好點子的話，就不能只看問題表面，還要看到問題的背後喔。」

「要看背後啊……」小熊哥哥把最後一根香蕉塞進嘴裡。「看背後就行了嗎？那還不簡單，以後本店有什麼難題就交給我吧！」

這時候，

門被用力推開了。

4. 宇宙點子王的挑戰

碰！門開了。

兩個穿著太空衣的外星人，大步走進來。

外星人一進門就輪流大喊：

「好大的膽子！」

「竟敢自稱點子屋！」

「兩隻不知天高地厚的小熊聽好！」

「我們才是宇宙點子王！」

兩個外星人擺出超人的姿勢喊：

小熊兄妹

你看著我，我看著你。

「那就交給你了。」妹妹說。

小熊哥哥覺得頭皮發麻，努力回想剛剛妹妹教他的話。

「要看問題的背後……」

小熊哥哥走到兩個外星人背後，看到他們屁股上有毛茸茸的小尾巴。

一個白尾巴，一個黑尾巴。

好熟悉的尾巴，這是熊尾巴嘛……

小熊哥哥和小熊妹妹恍然大悟，一起抱住兩個外星人喊：

「爸！媽！」

「哎呀，這麼快就被你們認出來了！」兩個外星人大笑。

原來，自從小熊兄妹離開家鄉，來到地球以後，容易擔心的小熊媽媽整天茶不思、飯不想，只喝汽水、奶茶、紅豆湯；只吃鬆餅、蛋糕、棉花糖。
連小熊爸爸都說：
你看你，瘦成這個樣子。
那是電風扇。
你的眼鏡該換了。
爸爸換上新眼鏡，才發現媽媽並沒有變瘦，反而……
!!?

地球旅行GO
於是小熊爸爸決定帶媽媽去地球探望孩子們，免得一擔心就大吃大喝的小熊媽媽繼續擔心下去。
他們駕著飛碟，在宇宙中到處打聽，
最後終於找到地球。

因為不知道地球上的環境適不適合熊，所以他們一直穿著太空衣。
小熊妹妹幫爸媽把頭盔脫下來。
爸，這裡的空氣和我們星球上的一樣新鮮喔！

小熊哥哥端出剛烤好的麵包和蛋糕。
媽，這裡的點心和我們星球上的一樣好吃喔！
小熊妹妹把點子屋賺了多少錢算給爸爸聽。
爸，我的數學還是一樣棒喔！
小熊哥哥表演一口吞下兩個麵包給媽媽看。
媽，我的胃口還是一樣好喔！

沒想到，媽媽卻嘆了一口氣說：「我只希望你們兩個點子一樣多。」

小熊兄妹愣住了。

爸爸解釋說，他們來地球後就一直偷偷觀察，發現這家店雖然叫小熊兄妹點子屋，但根本只有妹妹一個人在想點子嘛。

「我們本來希望哥哥跟著你開店，也有練習頭腦的機會，但這樣下去，哥哥沒機會動腦，連功課恐怕都會荒廢吧。」爸爸對小熊妹妹說。

「你的暑假作業都還沒寫吧？」媽媽問。

小熊哥哥紅著臉點點頭。

「所以，爸決定要帶你們回家。」爸爸說。

「回家……」兄妹倆沉默了。

小熊兄妹看著趴在門邊的流浪狗咖喱，他們答應要陪牠等主人回來。

還有那隻巫婆變成的兔子，也要等她變回原形。還有那些可愛的地球人，每天都有那麼多傻氣的問題，他們需要點子屋。

「我們還不能走，這裡有很多朋友需要我們。」小熊妹妹說。

「而且你們答應過我們，暑假結束才回去的。」小熊哥哥說。

「而且，哥哥其實進步很多。」

「對啊，妹妹常常教我。我已經知道要看背後了。」

這下換爸媽沉默了。

「這樣好了，」爸爸終於說：「我們來比賽，如果你們兄妹倆的點子贏我們，就表示你們有進步，可以繼續留在地球上。」

「怎麼比？」

「就以下一個客人的問題當作考題吧！爸媽一隊，你們兄妹一隊，看哪一隊點子多、表現得好，就贏了。」

爸爸心想：哼，我可是小熊星球上人人尊敬的圖書館館長呀。女兒再聰明，也贏不了爸爸的，快知難而退吧……

「好！一言為定！」小熊妹妹開心的說：「比賽開始！」

比賽開始了。就等客人上門出題了。

可是，怎麼都沒有人上門？

「你們店裡的生意一直都這麼冷清嗎？」媽媽問。

沒有人回答，只有窗外的老鴿子拚命敲窗戶。

「牠好像有什麼話想告訴我們耶。」妹妹說。

「怎麼可能，牠只是隻鴿子。」媽媽說。

窗外的老鴿子急得用力一撞，昏了過去。

5. 錯字連篇的求救信

「醒了醒了，牠終於醒了。」

老鴿子從昏迷中慢慢醒過來，心裡覺得很安慰，終於有人注意到他了。

「可憐的牠，等了好久呢。」

是啊，我的辛苦，終於有人了解了。

「牠耳朵好大，鼻子好黑呢。」

咦？

躺在點子屋櫃臺上的老鴿子，張開眼睛，發現所有人都圍在門邊那隻流浪狗身邊。

原來不是在關心我！

老鴿子氣得直跺腳。

「啊，那隻鴿子也醒了！」

大家這才圍過來。

「你們看，牠腳上有什麼？一張紙條！」

「上面寫什麼？」

「那是不小心黏到腳上的傳單吧？看另一腳。」

「另一腳綁著一封信耶，你們看！」

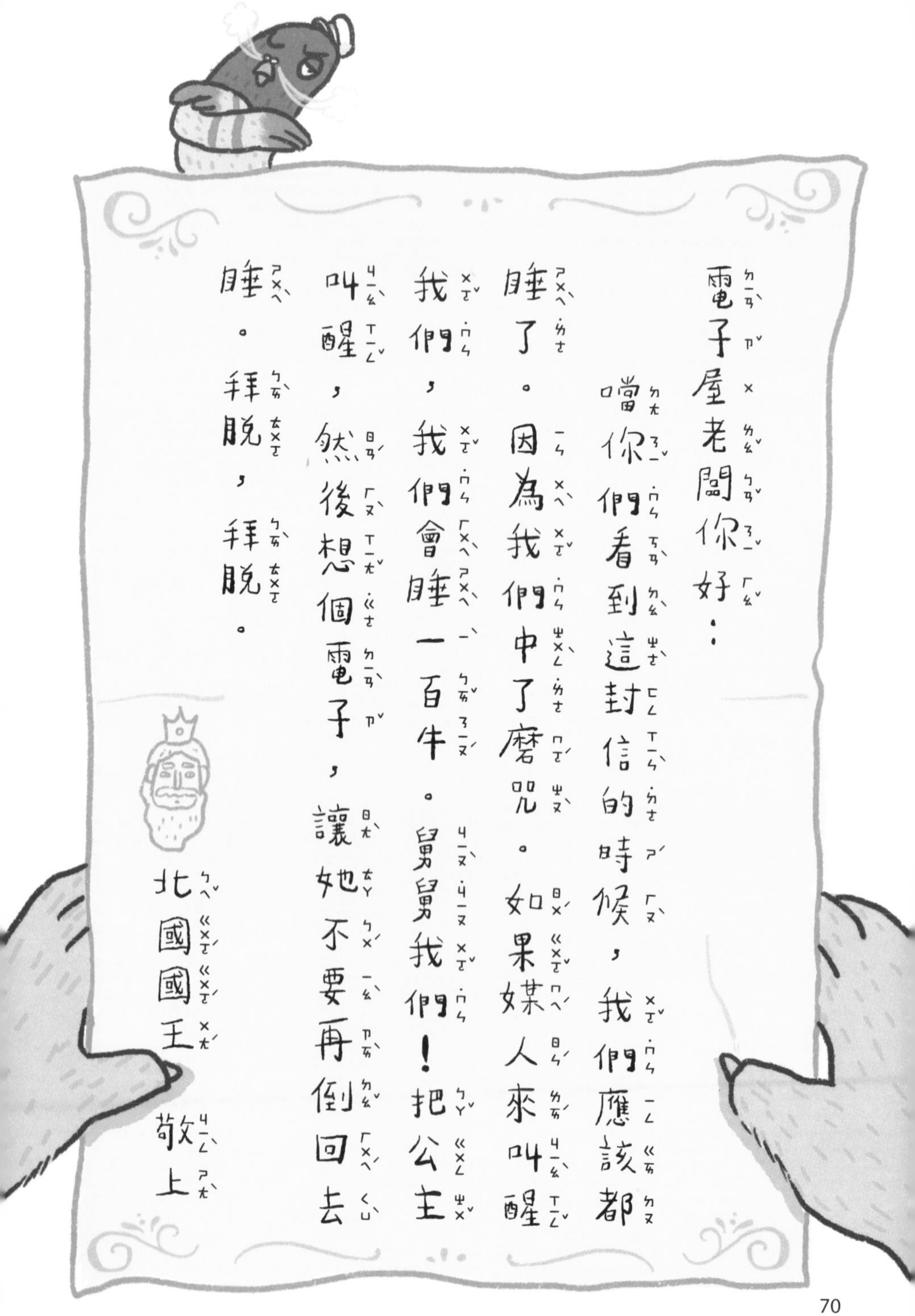

電子屋老闆你好：

噹你們看到這封信的時候，我們應該都睡了。因為我們中了磨咒。如果媒人來叫醒我們，我們會睡一百牛。舅舅我們！把公主叫醒，然後想個電子，讓她不要再倒回去睡。拜脫，拜脫。

北國國王

敬上

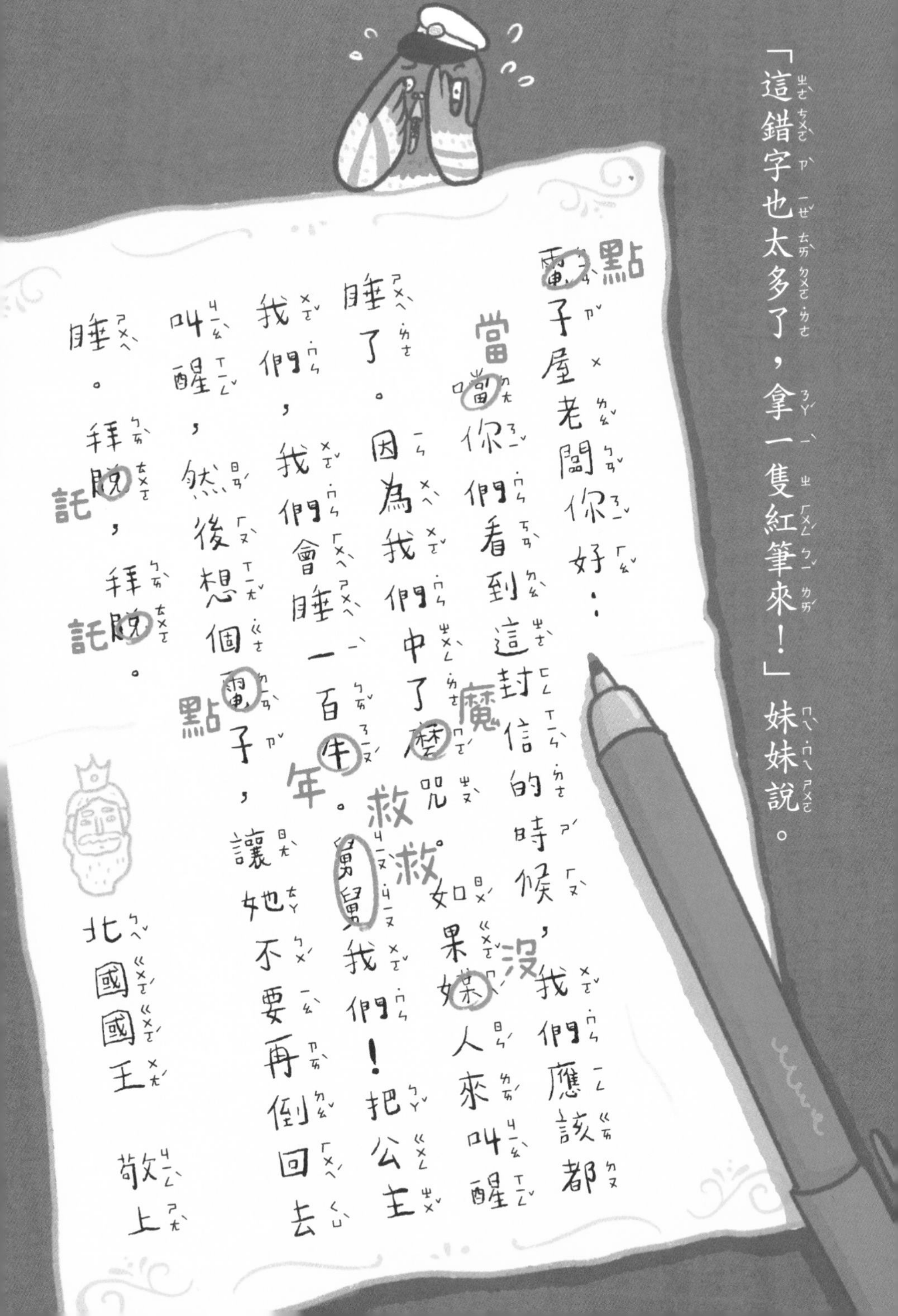

「這錯字也太多了，拿一隻紅筆來！」妹妹說。

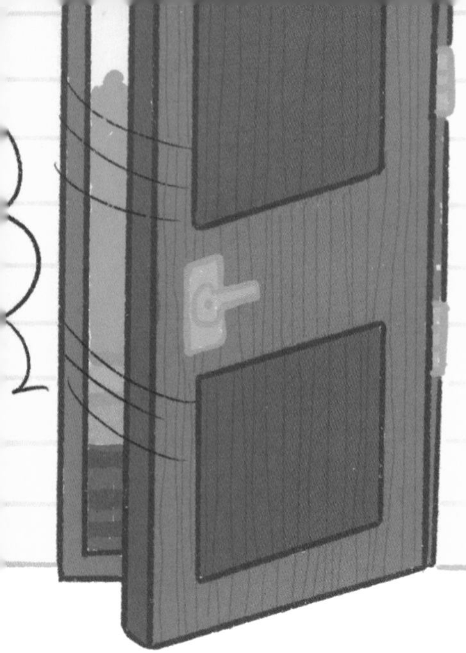

「把公主叫醒，聽起來不難啊。」

「那這就是我們的比賽題目囉！」

「好，我們去救公主！」

「出發！」

太好了。老鴿子心想，你們終於要去拯救我的王國了，快餵我吃點東西，我就為你們帶路！最好是玉米，不然黃豆也不錯……

一陣腳步聲，碰！門關上了。

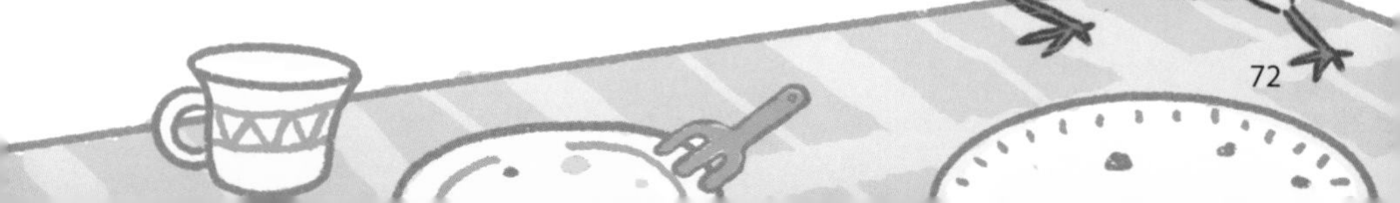

6. 只要說到吃的都很厲害

熊爸和熊媽一邊跳上他們的「好國民」飛碟，一邊喊：「先到北國的人得一分！」

「哪有自己訂規則的，要有裁判吧？」妹妹抗議。

「那我來當裁判好了！」好國民飛碟說。

「好主意，就是你！」爸爸笑說：「快走！」

呼的一聲，好國民飛碟飛走了。

小熊哥哥扶著小熊妹妹，也爬上他的好學生飛碟。

「哈囉！飛碟，快送我們去北國！」

叮！飛碟的電腦亮了起來。

「歡迎再次搭乘好學生飛碟，今天要學的是押韻！」

小熊哥哥哀號一聲。

「又要上課？可不可以請假一次？」

「好學生是不會隨便請假的喔。現在開始，只要你能用押韻回答我

的問題，就可以順利到達目的地喔！開始上課！」

飛碟咻的飛上雲端。

「唷，唷，唷，唷，要去哪裡請告訴我。」電腦一邊打拍子，一邊唱。

「我、我、我、我，我要去北方的王國。」小熊哥哥急得滿頭大汗，好不容易才接上這句。

「請問你要去那裡做什麼？」
「我要去那裡買蘿蔔。」
「買蘿蔔，真不錯，請問買蘿蔔要做什麼？」
「買蘿蔔回去煮火鍋。」

就這樣，因為小熊哥哥接得很順，飛碟就用最快速度來到了北國，在城堡前降落。

「你滿厲害的嘛，哥哥。」妹妹驚訝的說。

「沒什麼，只要是講到吃的東西，我點子都很多。」哥哥說。

而爸媽的飛碟為了遵守好國民的飛行時速限制，三分鐘後才姍姍來遲。

小熊隊先馳得點！得一分！

好國民飛碟大喊。

「噓，小聲點。」爸爸皺起眉頭。

「你不是要我當裁判嗎？」

「那也不用這麼大聲啊。」爸爸說：

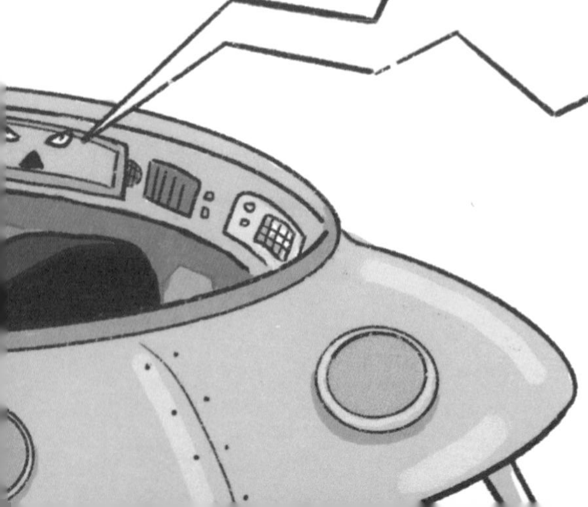

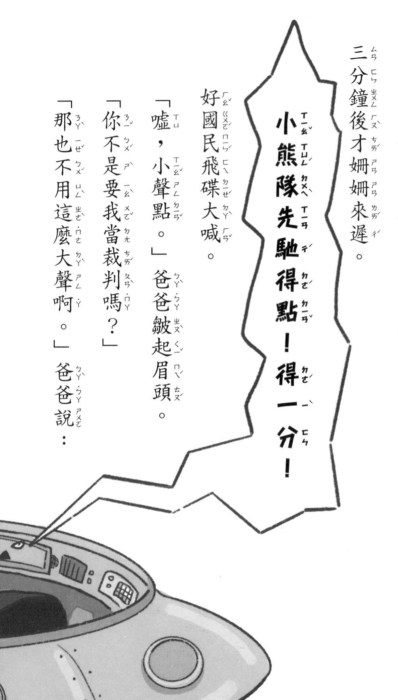

「萬一把牠吵醒了怎麼辦？」

爸爸指了指前面，在王宮的正前方，趴著一隻火龍。

「好大的狗。」小熊媽媽說。

「這不是狗。」小熊爸爸扶了扶眼鏡。

「以我圖書館館長的豐富知識來判斷，這是火龍，是一種很可愛、很溫馴的動物，地球上有很多火龍的故事喔，像是《小火龍棒球隊》、《小火龍上學記》，都很受歡迎。」

爸爸跳下飛碟，走到火龍面前，伸出手。

「來，握手！」

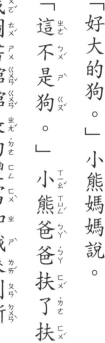

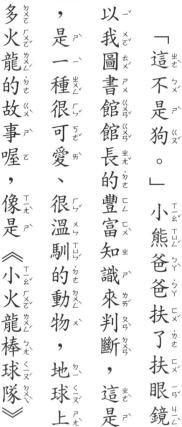

轟。

火龍噴出一球火焰，

把爸爸的眼鏡都燻黑了。

熊爸很冷靜的走回來。

「我可能記錯了，叫孩子們小心點。」

「他們早就前進到下一關了。」

媽媽指著城堡頂端。

只見好學生飛碟停在城堡頂端的陽臺上，小熊哥哥正扶著小熊妹妹，從飛碟上跳進公主的房間。

「小熊隊再得一分！」好國民飛碟大喊。

7.
睡美人的
祕密日記
Princess

小熊兄妹爬進睡美人的臥房。

房間裡，除了在床上呼呼大睡的睡美人，還有國王、皇后和三個大臣，他們東倒西歪睡在地板上，連跑來救公主的王子都抱著吉他睡著了。

小熊媽媽跟在爸爸後面，也爬進房間。

「好可怕的魔咒！」小熊媽媽尖叫。

「噓，小聲點。」小熊爸爸說。

「為什麼要小聲？我們來不就是要叫醒他們嗎？」妹妹問。

「也對。」爸爸臉紅了。

「我每天在圖書館裡叫大家小聲點，這習慣一時改不過來。」

小熊兄妹搖著睡美人的肩膀喊：「醒醒啊！」

但是睡美人的呼聲比他們更大聲。

「竟然叫不醒，怎麼辦？」哥哥問。

「我有點子！要把人叫醒，就要用鬧鐘。」爸爸拿出一個鬧鐘，得意的說：「這可是小熊星球的高科技發明：關不掉的鬧鐘！」

爸爸把鬧鐘放在床頭櫃上，按下按鈕。

鬧鐘大叫起來。

「這鬧鐘一響，不管怎樣都關不掉。」爸爸摀著耳朵說：「我贏了。」

睡美人伸出手，抓住鬧鐘，往窗外一丟。窗外的火龍剛好抬起頭打呵欠。

從此以後，村民們只要聽到鬧鐘聲，就知道火龍來了。

睡美人又閉上眼睛繼續睡。

「換我來！」小熊媽媽穿上圍裙，從背包裡拿出露營廚具，點上小火爐，把一串棉花糖放上去烤。

啊，好香！

睡美人又張開眼睛。

小熊媽媽把棉花糖夾在餅乾裡，在公主鼻子前搖啊搖。「想不想起來吃呢？」

公主咻的搶過餅乾塞進嘴裡，伸個懶腰，又睡了。吃飽後睡得更香。

「大熊隊進攻失敗！」在窗外當裁判的飛碟宣布：「換小熊隊進攻！」

「妹，你有點子嗎？」小熊哥哥問。

「還沒有。」小熊妹妹托著下巴努力想。

「對了！妹，你不是說想點子要看背面嗎？」

小熊哥哥把打呼的公主翻到背面。

「這是什麼？」

公主背後的床上，有一把小鑰匙。

小熊哥哥拿起鑰匙。

房間有很多抽屜，但只有一個

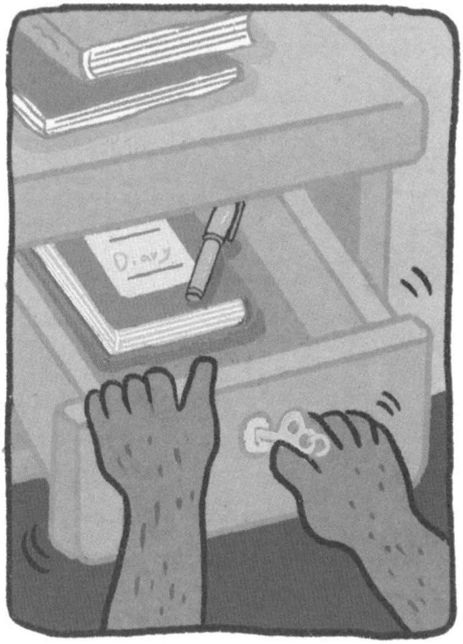

抽屜是鎖上的，那就是公主的書桌。

鑰匙一扭，喀，抽屜開了，裡面有一本日記。

小熊妹妹打開日記，看了看，發現裡面出現最多的是「無聊」這兩個字。

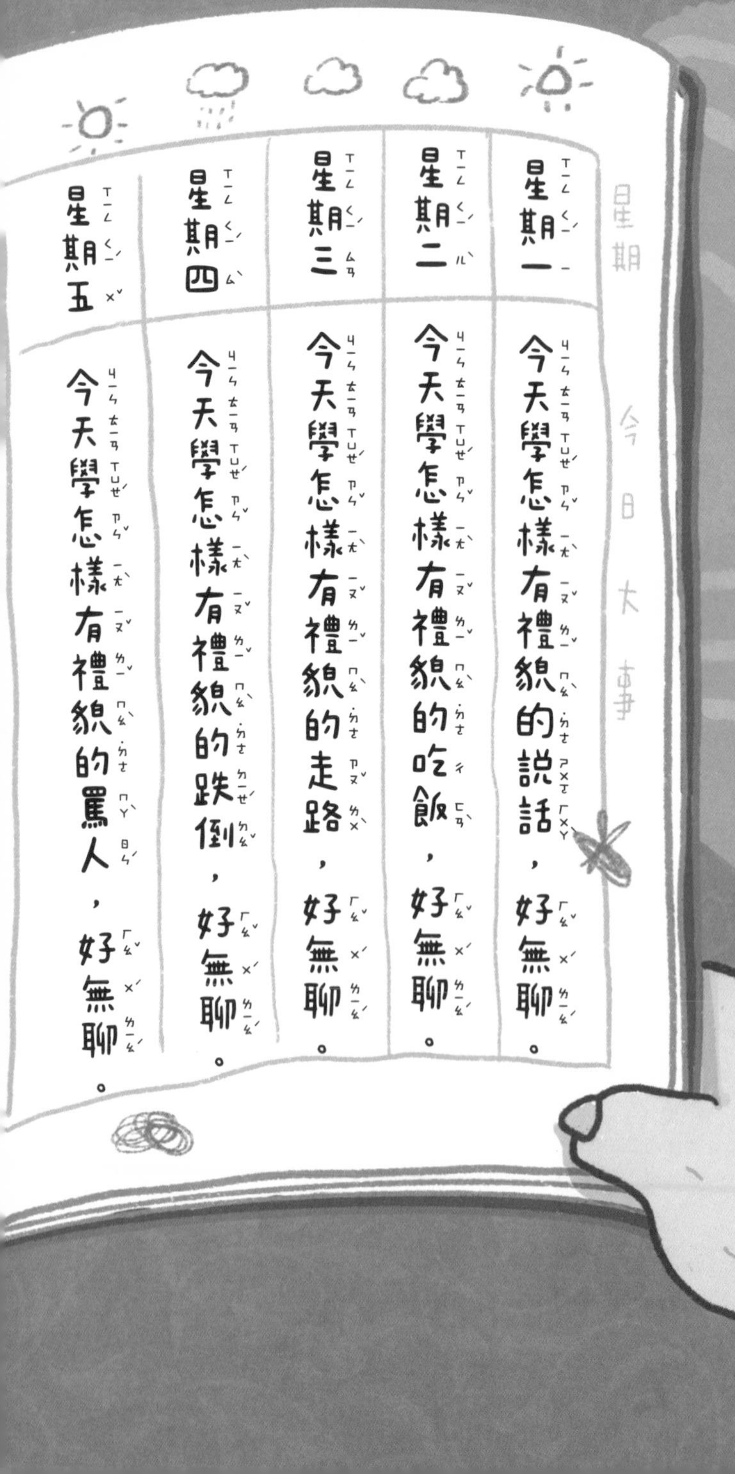
星期
今日大事
星期一
今天學怎樣有禮貌的說話，好無聊。
星期二
今天學怎樣有禮貌的吃飯，好無聊。
星期三
今天學怎樣有禮貌的走路，好無聊。
星期四
今天學怎樣有禮貌的跌倒，好無聊。
星期五
今天學怎樣有禮貌的罵人，好無聊。

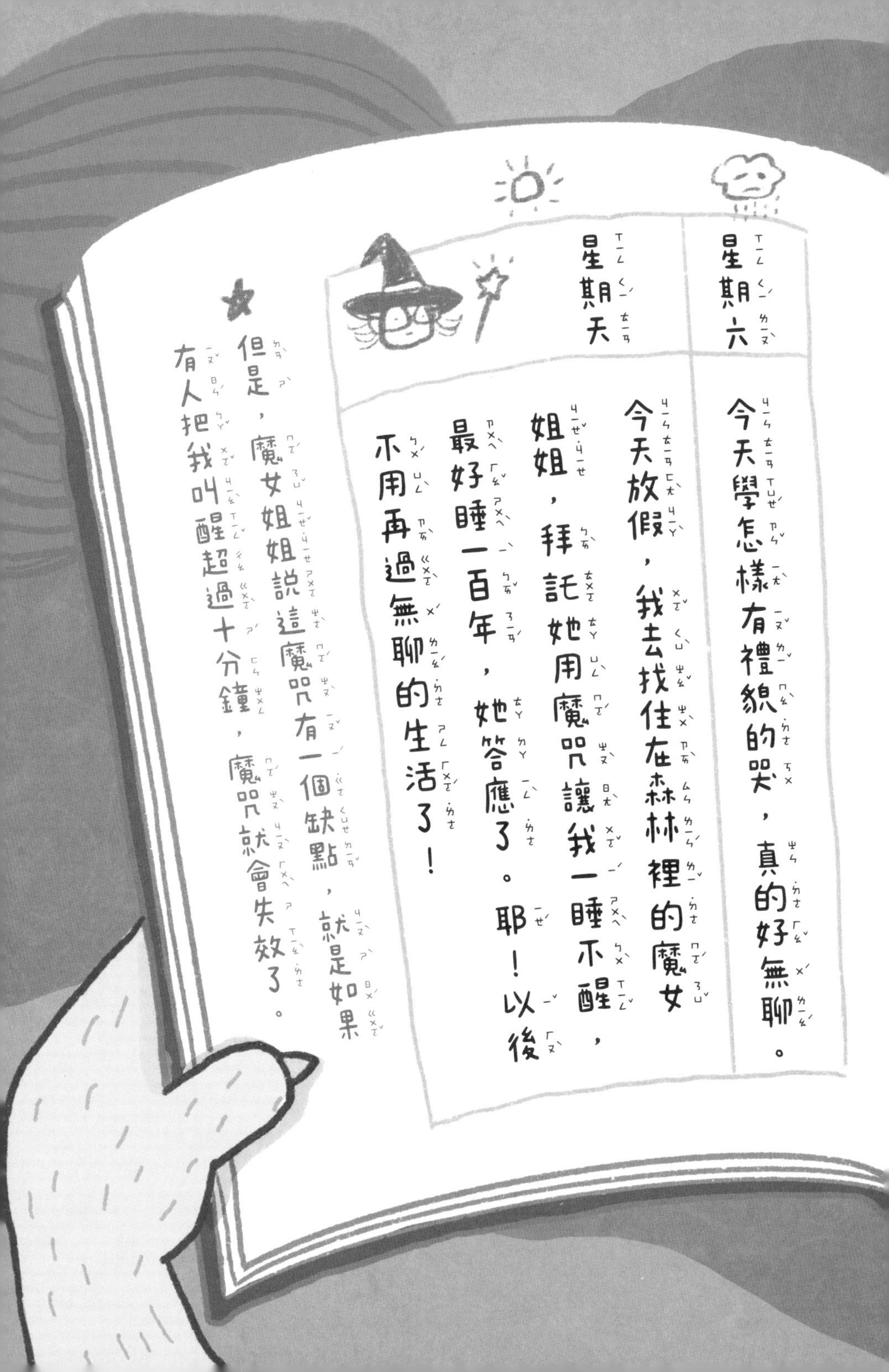

星期六
今天學怎樣有禮貌的哭，真的好無聊。
星期天
今天放假，我去找住在森林裡的魔女姐姐，拜託她用魔咒讓我一睡不醒，最好睡一百年，她答應了。耶！以後不用再過無聊的生活了！
但是，魔女姐姐說這魔咒有一個缺點，就是如果有人把我叫醒超過十分鐘，魔咒就會失效了。

「原來如此。」小熊哥哥說。

「因為無聊才想要一直睡。」妹妹說。

「怎樣才能讓她清醒十分鐘？」爸爸看著天花板。

大家都束手無策的時候，媽媽卻笑了。

8. 一直睡有什麼好之歌

小熊媽媽露出詭異的神祕微笑。

「你中了魔咒嗎？」爸爸顫抖說。

「我沒事啦，」媽媽大笑，「我是想到孩子們小時候，每次睡覺前，都要聽我們說故事，那段時光真是甜蜜呀！」

「孩子的媽，現在不是回味往事的時候。」

「你記得我們後來為什麼不再說床邊故事了嗎？」

「我記得！」妹妹說：「因為每次聽故事，反而越

聽越不想睡！」

「因為那些故事有趣到讓人睡不著！」哥哥說。

「沒錯！」媽媽說：「有趣的故事總是讓人不想睡覺！」

「有趣的故事是無聊的解藥！」妹妹接著說。

「有趣的故事就像清涼醒腦的雪糕！」哥哥說。

「現在是要玩押韻接龍嗎？」爸爸歪著頭問。

「對啊，就像我們小時候玩的那樣！」妹妹說。

爸爸懂了。這兩個孩子小時候，每次聽故事常常只聽個開頭，接下來就開始自己亂編，還押韻呢！後來連爸爸媽媽都加入，四個人常常玩到哈哈大笑，不想睡覺。

也許，這是讓公主清醒的好點子！

好，來吧！爸爸撐開公主的眼皮說：「公主公主請聽好，有趣的故事就來到！」

從前從前有個寶馬王子，小小的眼睛，大大的肚子，

他有一匹寶馬，他很得意，
其實是吃太飽的飽馬，沒什麼力氣！
有一天媽媽說有公主等你去救喔，
他卻抱著媽媽，說他不想走，
從此以後，人們看到寶馬王子就說，
哈哈哈他其實是一個抱媽王子！

躺在床上的公主臉上露出微笑，大家趕緊繼續講：

不管是寶馬飽馬還是抱媽，

為了救公主還是得出發，

走啊走遇到一座大湖，

仔細看是一碗芝麻糊！

公主張開了眼睛，臉上有種「這還滿好玩的」的表情。

小熊妹妹發現哥哥說的那句都最有趣，就要哥哥多講一點。

王子過湖要獨木舟，
就划了一艘八寶粥，
過了湖又碰到一條河，
河的名字叫便當盒。
前面有一座花園開滿了花，
一朵一朵都是爆米花！

果然只要講到吃的，小熊哥哥就點子很多。

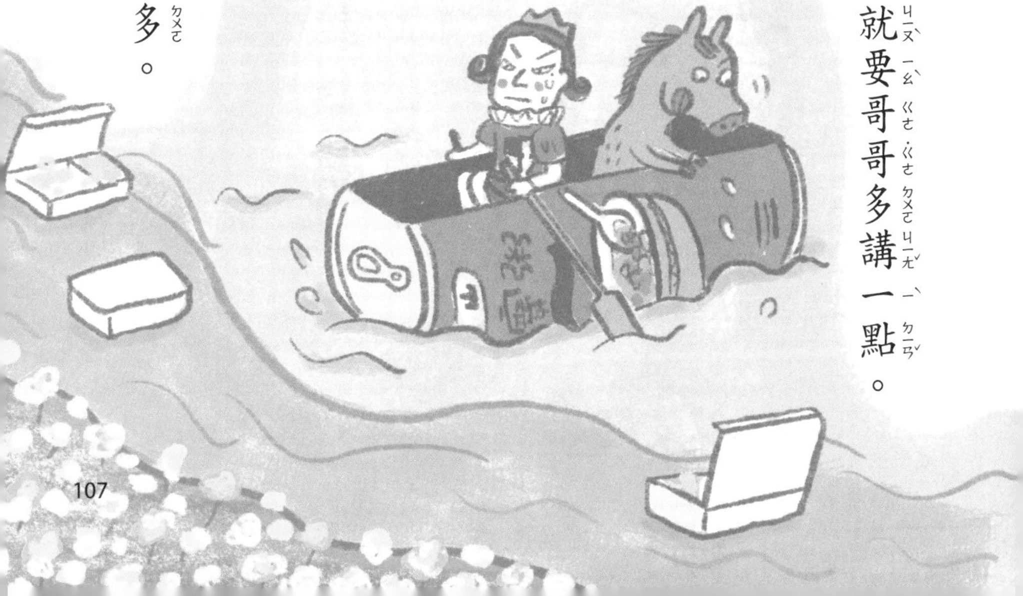

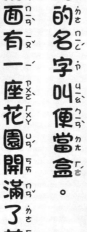

走啊走，來到一座大城堡，
它的名字叫勁辣雞腿堡，
城堡裡走出一個壞蛋，
他的名字叫做番茄蛋，
蕃茄蛋的手下是天兵天將，
王子的手上是紅豆冰和花生醬，
蕃茄蛋說我有一把寶劍！
王子說我有一包蜜餞！

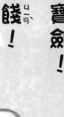

壞蛋說我的絕招是一擊必殺！
王子說我的絕招是可可冰沙！

公主大笑著坐了起來，房間裡的國王王后王子大臣，大家都醒了。

「繼續繼續！」公主拍著手說。

打敗壞蛋以後出現一座塔，
好高的一座檸檬蛋塔！
高塔前的火龍有三個頭，
芋頭、饅頭和蘿蔔頭。
火龍說你拿的是不是狼牙棒？
王子說那只是巧克力棒。

火龍說你是不是帶了魔法書？

王子說我只有鳳梨酥。

火龍說那來看誰武功高！

王子說還是我們一起吃蛋糕？

王子和火龍後來變成好朋友，

現在要上塔去和公主說哈囉，

不過這座高塔沒電梯，
但是樓下有賣鹽酥雞。
王子終於見到公主一面，
公主卻睡得軟綿綿，
王子說我為了救你千辛萬苦，
還把那麼多鹽酥雞給吞下肚，

現在你竟然還要繼續睡，
買給你的禮物只好拿去退。
公主說可是睡覺才不會無聊，對不對？

……

小熊哥哥突然接不上，呆住了。

因為講了這麼多吃的，害他肚子餓壞了。肚子一餓，他的腦袋就不管用了。

這時候，剛睡醒的王子拿起吉他，接著唱了起來。

不對不對，不要一直睡，
一直睡，有什麼好？
難道你永遠睡不飽？
睡太多，會頭痛，
睡太多，會做惡夢，
睡太多，會頭昏昏，
睡太多，王子會給你親吻，

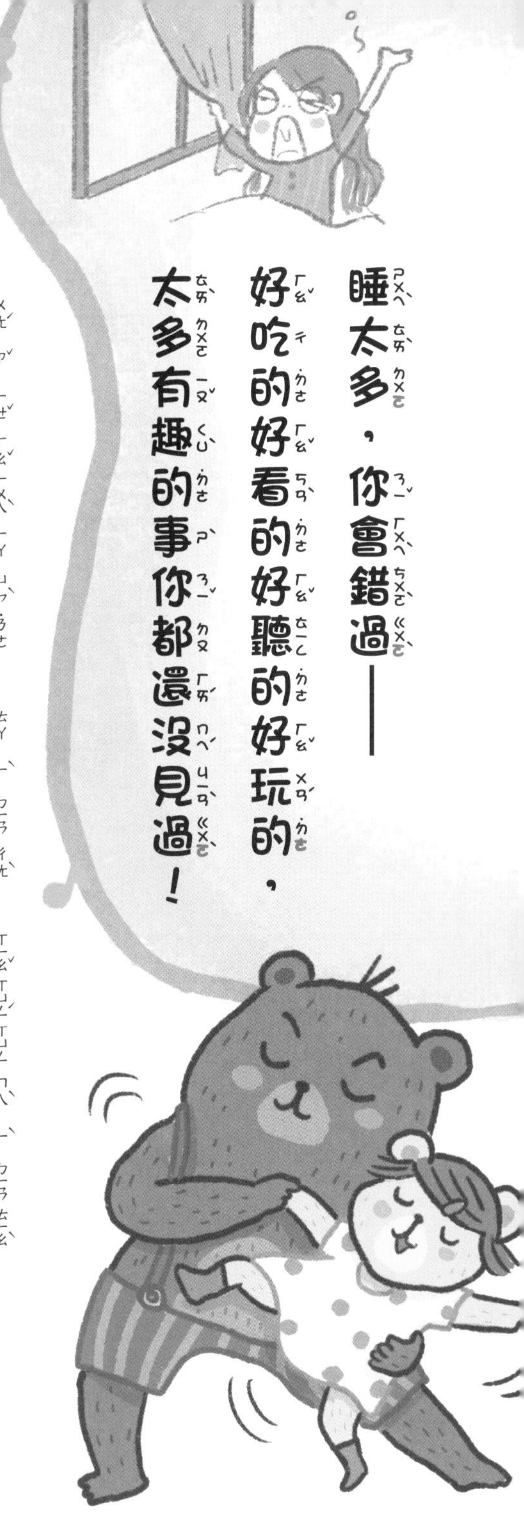
睡太多，你會錯過——
好吃的好看的好聽的好玩的，
太多有趣的事你都還沒見過！

王子也好會押韻呢！他一邊唱，小熊兄妹一邊跳。

他們開心的樣子，讓公主忍不住說：「我從來沒聽過這麼奇怪的歌、這麼好玩的故事，也沒見過像你們這麼有趣的人，你們可不可以當我的朋友？」

小熊兄妹和王子點點頭。
「耶！那我不睡了！」
公主歡呼一聲，跳下床，
跟著大家一起唱，一起跳。

十分鐘到了。

噹噹噹！城堡的鐘聲響起……魔咒失效了！

國王拉著熊爸熊媽的手說：

「小熊兄妹，謝謝你們！」

爸媽紅著臉說：

「他們才是小熊兄妹。」

國王轉身給小熊兄妹一個大擁抱。

「謝謝你們！謝謝你們救了我女兒，救了這個王國！謝謝你們來到地球！」

9. 再會了，地球

陽光在樹葉上，晶晶亮亮。
風鈴在屋簷下，叮叮噹噹。
飛碟在大門口，閃閃發光。
小熊在屋子裡，喜氣洋洋。

「爸，你是說，我們可以留下來？」小熊兄妹歡呼：「耶！」

「呵呵，雖然爸媽贏了，」爸爸說：「但既然在我們的教導下，你們都表現得這麼好，留在地球我們也不擔心了。」

「哪有贏，明明是平手。」爸停在門口的飛碟說。

「咳，好，那我們該回去了，」爸爸說：「回去後該換一臺飛碟了。」

「恭喜主人大獲全勝！凱旋回國！」飛碟立刻改口。

「那就再會了，地球。」爸媽正要跳上飛碟，忽然聽見一聲大喊。

原來是北國公主來送國王的獎狀。

「獎狀有好幾款喔，」公主說：「父王不曉得該送哪張好。」

公主把獎狀一張張攤開。

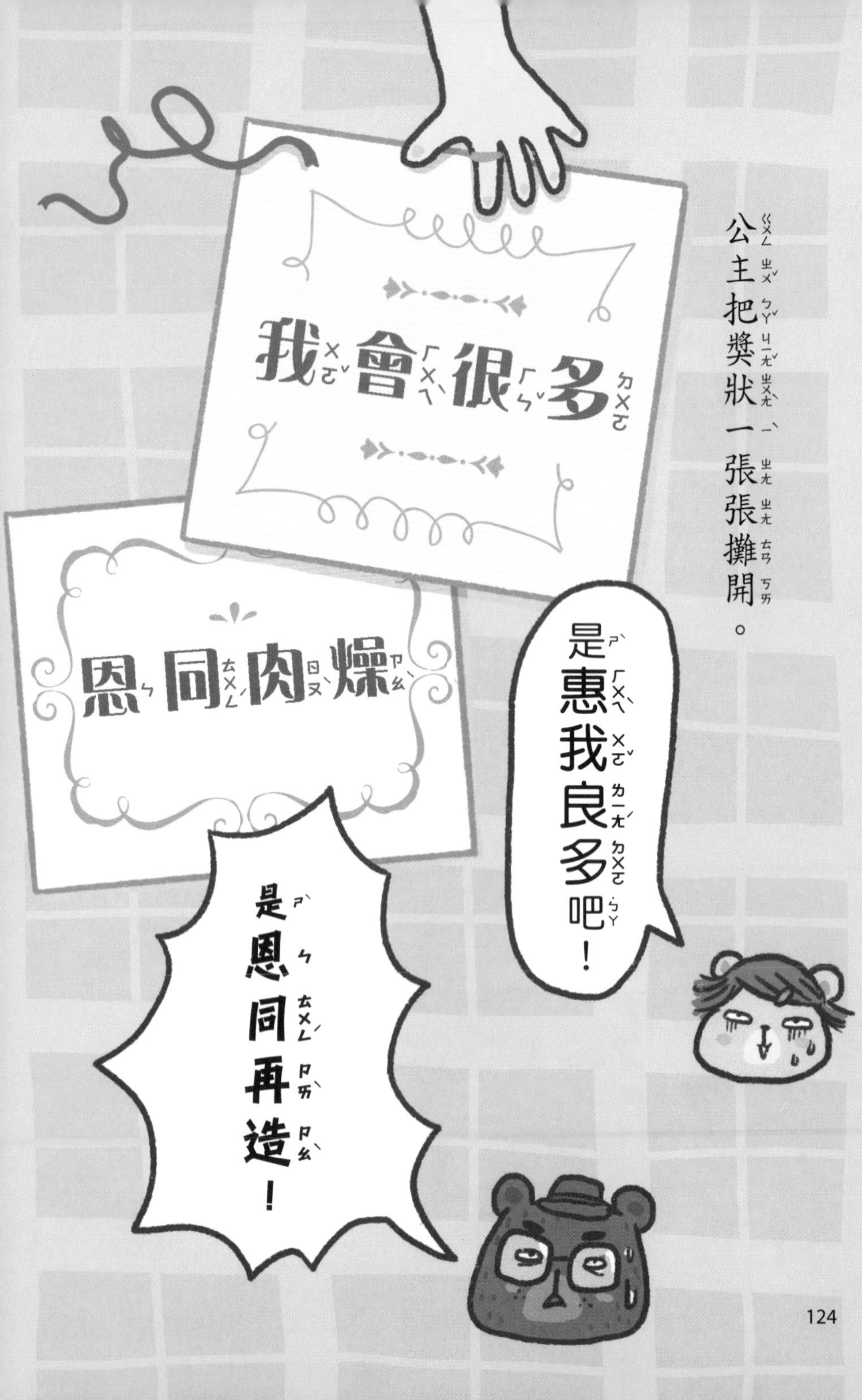

妙手回春
早生貴子
這張應該是頒發給醫生的吧？
……
公主，這些獎狀都請你帶回去好嗎？

「看來沒什麼好留戀的了，」爸爸說：「再會了，地球！」

爸媽正要跳上飛碟，忽然又聽到公主說：

「那這些禮物也要我帶回去退嗎？」

公主指著一隊廚師，他們一人捧著一盤精緻點心。

「不，快請他們進來！」小熊哥哥說。

國王送來的點心飄著香味進了點子屋。

「其實，我們好像也不急著走。」小熊媽媽說。

「嗯，家裡也沒什麼事。」爸爸笑著點點頭。

小熊爸媽跳下飛碟，又飛奔進充滿歡笑的點子屋。

Thank You

作者的話

（因為篇幅不夠，繪者表示要一起來湊熱鬧。）

謝謝你看完小熊兄妹點子屋，
中間沒有偷偷跑去看漫畫書，
謝謝你努力讀到最後一頁，
沒有看一半就賣給你姐姐，
謝謝你沒有笑得太大聲，
嚇到旁邊路過的校長大人，
謝謝你豎起大拇指比讚，
不管你是買回家，
還是坐在書店地上看。
也許你會說其實還好啊，又沒有很好笑，
不過我剛剛在綁鞋帶沒聽到。

Go! Go!
截完稿交棒的作者
Dead Line
一直跑給死線追的繪者
哈
哈
哈
這集也好好笑！
笑得太大聲的繪者

看看窗外，伸個懶腰，
啊！沒有截稿壓力的世界真美好！
沒想到小熊兄妹轉眼出了三集，
希望各位客官看得還滿意，
謝謝水腦和優秀的編輯大人，
想要登門叩謝，但防疫期間還是不要出門。
除了感謝，也要懺悔，
抱歉讀者寄來的信我都沒回，
太忙太懶郵筒太遠，這都是理由，
最主要是因為郵局門口有火龍在看守，
還請多多包涵，多多原諒，
希望新書沒有讓你們失望，
希望哲也新創作源源不絕，
報答你們的捧場！

沒有截稿壓力覺得世界美好的作.繪者。

閱讀123